文芸社セレクション

金木犀の香る頃

竹科 あゆみ
TAKESHINA Ayumi

JN082985

文芸社

まえがき

　詩人、竹科あゆみ、本名邑楽和子（旧姓村田和子）は、埼玉県の岩槻市（現さいたま市岩槻区）の資産家の家に、次女として生まれた。

　彼女がいったい、いつ頃から詩を書き始めたかは定かではないが、おそらく高校に入った頃ではないかと思われる。

　彼女が二十歳の時に、母親を急病の為に亡くしている。その前後に詩を書いて、作品を同人誌に発表している。

　彼女が詩を書いていたのは、おそらく七年位だと思われるが、詩の発表活動に至っては、三年位だろう。

　彼女は二十二歳で結婚すると、詩を書くのをやめて、発表活動をやめている。

　『石段』という作品では、
　　　　丸くなってしまった石段を
　　　　登りきったなら
　　　　いつもの　みなれた公園
　　　　今日こそはと　心に決めて……
　とある。

時の流れを〈丸くなってしまった石段を〉と、古い公園を実にうまく表現している。

　竹科あゆみは三十九歳の若さで、母親同様、やはり急病の為に他界している。
　没後、詩人である夫により、小さな遺稿集として『かすみ草（言葉の花束を今あなたのもとへ……）』が出版されている。

邑楽和男

もくじ

垂木闇の落る頃

６月の風が

６月の風が　ふたりを乗せた
ブランコおして　駆けてゆく
そんな　午後
あなたは
わたしの顔の　ほくろかぞえ
わたしは
あなたの　瞳ずっとみつめてた

わたし　かんじるの
あなたの色に
染まってゆくことを……

ホームにて　Ⅰ

ばかだなぁ
あなたのこのひと言聞きたくて
ひと電車おくらせて
受話機とりました

暗闇をはしる街の灯と
髪をなぜる掌
わたしは　あなたの為にだけ
きれいになるの
だから　あなたもわたしだけ
みつめてほしい・・・

こんな寒い夜は
あなたの指が恋しくなって
星をつなげて　ひとり遊び

ホームにて Ⅱ（卒業）

お別れです
つらい心と涙をかくして
四年間　あなたにとって
それは大切なものでしたか
青春　あなたにとって
それは今の苦しみです
心にきざんで下さい
一日一日の
つまらないと言っていた時間
きっとあなたはくやんでいるでしょう
心によみ返らせて下さい
せめて今日という日だけは………

岐路 Ⅰ

いつだったか忘れたけど
耳をうつ雨傘の音
つま先の濡れたサンダル
前にもこんな日があった

ひき潮と共に逝ってしまう人を
どうすることもできずに
闇の中からはいあがろうとしている掌を
徐々に冷たくなっていくのを知りながらも
ただにぎりしめている事しか
できずにいるのが情けなかった

人の力のおよばぬ所で
何かがまわっています
　　さようなら

岐路 Ⅱ

あなたと共に歩いてしまった70年代を
わたしは否定しない
それは私自身を否定することになるから
長い季節の流れの中で
友人から恋人へ
そして　ただの友人へと風化してしまっても

夕暮れ時　炎に重ねた雑記帳は
告げずにいた胸の痛みといっしょに
きれいさっぱり鐘の音に送られて
残り火となることもなく
灰となり川面に散ってゆく

　ありがとう
　いい時代を
　さようなら
　お元気で！

逢瀬

一瞬風がふりむき時が止まった
くちもとは小刻みにふるえ
潤んだ瞳は流れゆく雑踏の中に
たったひとつ　生きた生命(いのち)をみつける

痛いほど熱いこの想いを
今　言葉にしてしまったら嘘になるから
黙ってつれてって下さい　いつもの所へ──

夜空をみながら思ったこと

絶対………
という言葉はとりとめもなく
私があなたに相応しいという
確信もない——
でも　私はあなたを選びました
今　あなたの掌が必要なンです

春の午後

西日のあたる縁側で
髪をすかして空を見る
風のあいだに季節をかんじ
障子の影に瞳をとじる

ふるえる気持ちこらえては
やっとの思いでみつめると
二つの影はうごかずに
時は過ぎゆくいたずらに

父のこぶしは痛かったと
ぽつんとあなたひとことを
うれしそうにつぶやいた
許してくれたよたったいま

　顔をそむけて立ちさった
　うしろ姿がいつもより
　小さくみえた午後でした

もうすぐ十九時

もう数えきれないほど
ダイヤルを回して
電話番号も
暗記してしまったけれど
やっぱり指が震えてしまう
だけどその緊張感が
とても快い時間なのです

あの日から

あの時から
逢うべき人ではなかったひと
あの頃から
時々忘れることのできたひと
それほど
季節の中で風化していたひと
だから
さよならの言葉はいらないの
当然のように
明日からは他人になれるひと
お互いに
そんな事もあったねと
笑って過ごせる相手

わたしの瞳をさけて
煙草のけむりでごまかす
そんな事が日常になって
あの日から 183 日目………

電話

駅前の小路を
繁華街をぬけてずっと行くと
ぼくのアパートがあるのさ
煙草屋さんの向いだから
すぐわかるよ
明日　まってるよ君のこと
わかったね————

返事さえしないうちに
ゴツンと切れる音
有無を言わせない
はなし上手
明日　アパートに行くと思います？
読者の皆さん！

行ってしまうんです　いつも
何故って　彼が大好きだから

歳月

枯嵐の中
コートの衿をたてて歩く
あなたの背中を　みつめながら
この人についてゆこう
この人といっしょに
歳月に流されてゆこう
そう決心した季節も　確かありました

静かに微笑し
止まっているかのようにみえる雲の流れも
少しばかり目をそらすと
ほら　もうあんな方へ───

それと同じなんです
雪どけの水のように
いつの日か再びめぐり逢い
あなたと私
　　一つ大人に……………

魔女のテーマ・ソング

南南東の風吹く夜は
魔法使いのおばあちゃん
ホーキにまたがり
　　星から星へ
　　家から家へ　飛びまわる

北風粉雪舞う夜は
魔法使いのおばあちゃん
ホーキをかついで
　　家から家へ
　　夢から夢へ　歩きます

ほんとは優しい人なのに
ほんとは優しい人なのに・・・

河原坂

いつものように　この下駄で

歩いてみようか　河原坂

風が足元とおりすぎ

わたしの心に　囁きます

辛い想い出捨てなさい

悲しい想い出捨てなさい

日溜り

日溜りの中
ひざをかかえて
窓の外には季節風
何度目かの冬をむかえ
何度目かの貴方むかえ
でも　心は凍りついたまま

四谷のとなりの信濃町
階段昇れば君の姿
なぜか浮かび消えた
想い出の町

霧の街

霧の街並みに
扉をあけて
靴をならしてひとり歩けば
ひえた紅茶に悲しみうかび
紅が一筋　つめたく残る
※　駅への路あまりにも遠く
霧にけむる街の灯は
おんな心を悲しくうつす　※
霧の街並みに
ひとりたたずみ
つめたく凍るわたしの心
振り返ってみても
もう何もみえない

ひぐらし

夏のおわりに言える言葉は
さよならしかないのでしょうか
きらめく太陽の下での出来事は
遊びだとわかっていたけど
本気にするのが悪いクセ

貝がら拾って海になげ
貴方の想い出海になげ
すぐそこまできている秋に
わたしは　なんて言えばいいのでしょうか

昼さがり

ワイン・グラスを　踏みにじり
うえを向いたら　めまいの連続

外は
あんなに晴れているというのに……
私の心は　葡萄色
折れた煙草くわえてみたけど……
私の心は　葡萄色

昨日の欠伸
ひろい集めて　燃やそうか──

おんな心

優しい言葉を

なげかけてくれるのも

我儘許してくれるのもいいけど

時には

殴ってほしかった

クリスマス・イヴ

枯風舞う庭にでて
雪降り舞う空をみれば
あなたの面影　浮かんでみえる
　　部屋の中には
　　しあわせ色した
　　ろうそくひとつ　ゆれているの

雪降る中庭にでて
靴脱ぎすてあなたまてば
あなたの面影　かきけされたわ
　　さめたコーヒー
　　つめたく残る
　　気付かぬうちに　ふたつ置くの

再会

さあ
明るい陽ざしの中へ駆けてゆこう
あの出来事がふたりを結びつけた
もう
どんなことがあっても平気
いつでも
あなたのこと信じていられる
この確かなてごたえ
この実感
もう
何があっても平気
あなたについてゆけます

五月雨

濡れた舗道の片隅に

あなたへの想い出残る

まつことにも

またされることにも

なれてしまった…

ネオン街

そんなに甘くないと　わかっていたわ
けれど　信じていたかった
いつかは　こわれると想っていた
今のしあわせ
あなたの袖につかまって
振りおとされぬようつかまって
それでも信じたフリして
それでも偽りのほほえみうかべ
ひとときの甘い夢に胸はずませた
バカな女の真似をして
バカな女のフリをして
今夜も夜は深けてゆく

ほんとうは

南南東の風吹く夜は
魔法使いのおばあちゃん
ホーキにまたがり
星から星へ
家から家へ　とびまわる
ほんとうは　やさしい人なのに
ほんとうは　やさしい人なのに

北風粉雪舞い散る夜は
魔法使いのおばあちゃん
ホーキをかついで
家から家へ
夢から夢へ　あるきます
ほんとうは　やさしい人なのに
ほんとうは　やさしい人なのに

ホーキにまたがり
星から星へ
家から家へ　とびまわる

ほんとうは　やさしい人なのに

ほんとうは　やさしい人なのに

ゆく春に

風のように
あなた　今すぐここへきて
こぼれる木漏れ日サンダルは
あなたの　素足によく似合う

しあわせ色したブランコに
ふたりで乗った　夕暮れ時
地球の広さ　かんじます
あなたの優しさ　かんじます

風光る

今夜はとってもいい月夜

こんな夜にはあなたを誘い

浜辺をふたりであるきたい

ボートに乗ってゆらゆらと

あなたとわたしのファンタジー

あなたの想い出首かざり

糸をとおしてつなぎます

冬の日に

ふたりで浜辺をあるいていたら
SANTA　CLAUS　がやってきた
おさない頃大好きだった
SANTA　CLAUS
今でも大好きな
SANTA　CLAUS
長いあいだ忘れていた
SANTA　CLAUS
大きな袋には
何が入っているの？

まがりかど

坂道のある街がスキです

もしかしたら

あの三つめの角を右に曲がると

別の世界へいけるかも

そして

この次の道を左に曲がったなら

あじさいの咲いていた

あの頃のあなたに逢えるでしょうか

巣立ち

ゆれるろうそく　むこうがわ

あなたの顔が　ゆれてます

ゆれるろうそく　むこうがわ

君の顔が　ゆれている

暗やみの中

向かいあいあなたとふたり

ゆれるろうそく

ふたりの影がひとつになりました

回想

コトン
　　　コトン
夜汽車がはしる
遠い街の灯が
走馬灯のように　はしり消えてゆく
コトン
　　　コトン
もう　このまま永遠に
なんて想ってしまう
コトン
　　　コトン
わたしの想い出の街が遠くへいった

ゆび

夜はつめたい　あおい霧

髪の中を　ゆびが流れ

こんなはずではなかったと

いいきかせながら夢の中

しあわせ乗せた　あおいトリ

チルチル＆ミチルは　今どこに

耳なり

耳なりは

まるでにている　あなたの呼ぶ声に

とおくきこえた闇からの声は

悲しき天使の口笛

何も知らずに踊っているあなた

わざとよろめき　あなたの胸で

イヤがるフリ

それでも耳鳴りはきえない

ラセン階段

あさがおのつるは　ラセン階段

とどまることを知らず　伸びつづける

きのうとはちがう

この気怠い空気の中

ラセン階段の中程にくつが一足

まるで　遅くなったのをなじるように

わたしをまっていた

うみ

うみがみたい
　　　うみがみたい
うみがみたい
　　　うみがみたい
うみがみたい
　　　うみがみたい
　　　　　うみがみたい
　　　　　　　うみがみたい
うみがみたい
　　　うみがみたい
　　　　　　うみがみたい
　　　　　　　　うみがみたい
海に行ったなら
あなたに逢える　そんな気がする

トロンボーン

トロンボーンをふく夜は
なぜか黒猫なきだすの
百目ろうそくゆれる影
あなたに背をむけ眠る夜
夜の化粧をおとすのは
あなたの心がみたいから
あなたに背をむけ寝てみても
知っているのよあの人は
悲しい女のさだめ川
知っているのよあの人は
悲しい女の弱点を

肩

夕暮れの街角
灯がぼんやり浮かんでくる
浜辺でばったり逢ったなら
わたしはどんな顔をすればいいのでしょう
いっしょに暮らした
2年の月日は
19の肩には重すぎて
偽りの微笑さえ
うかべることができない

唄

空がとってもキレイだから
外へ行こうよ　ラリルレロ
レンゲの花を
あなたの髪にサシスセソ
あなた追いかけ
カキクケコ
おむすびたべて
ワイウエオ
あなた笑って
ハヒフヘホ
空には星が
マミムメモ

レインボー・ロード

はじめて恋した少女はエゴイストになり
二度目の少女は恋するすばらしさに酔いはじめ
愛することを知った少女は優しい人となり
心はパステルカラーに彩られ
大人になった少女は
もう愛なんて恋なんてと言いながら
ボロボロの心をひきずって
また歩きだしてしまうのです
傷つき傷つくのは
もうイヤと言いながら

あなたへ

もしできるなら
時をあの頃にもどしてほしい
東京23：50発の
最終にはまだまにあう
手紙にはあんな別れの言葉書いたけど
あれは全部嘘なの
今乗ったなら
あなたのいる北鎌倉には　いつ着くかしら
３年の月日が
あなたの気持ちを友人から恋人へ
そしてまた友人へと変えてしまったのね
今度生まれる時も女に生まれて
再びあなたにめぐり逢いたい

1978.S53.2.24

５月に

５月の風がふたりをのせた
ブランコをおして駆けてゆく
そんな春の宵
あなたはわたしの　顔のほくろかぞえ
わたしはあなたの　瞳ずっとみつめてた

霧にかすむ小路を
灯ふたり背にうけ
わたしかんじるの
あなたの色に染まってゆくことを

1978.S53.4.17

サルビアの花のように

あなたの気持ちがわかりません
はやくイイ男つくれよと
顔をみるたび言いながら
夜ごと電話を掛けてくることが……

あなたの気持ちがわかりません
怖いほど優しくなって
私の心を縛っておきながら
なぜ　そんなに急に冷たくなるのか……

いなくなってしまえばいい
あなたなんて
粉々になってしまえばいい
あなたなんか

サルビアの花のように
　　　　紅く染まって…

1978.S53.6.23

傘はおいていきます

公衆電話で　おしゃべりしてる
あなたの横顔
とっても　しあわせそう

お店の灯がにじんで
輝いているのは
降りそそぐ
雨のせいばかりではありません

"さようなら"このひと言
今なら　あなたに言えそうです
気持ちが変わらないうちに
傘はドアの所へおいていきます
再び
逢う理由がみつからないように…

電話にて

あと数日すれば

あの人から別れの電話が

かかってくることは　わかっています

でも　わたしから別れを言いましょう

男の人へ別れを言い渡したときの

あの気分を　わたしは知ってしまったンです

男の人を振る快感を　わたしは知ってしまったンです

あした　お電話さしあげます

1978.S54.7.17

ごめんなさい　年下の人（アナタ）

れんげ草ゆれ
雲の流れみつめながら
過ぎ去りし想い出うかべる

ほんの気まぐれ
そう　ほんの気まぐれだったの
本気になってはイヤと
あれほど言ったのに……
私のからだの中を
風のように　とおりすぎていった男（ヒト）
でも
今　私の肩には　心よい重みがあるの
そう　似合いの彼のやさしい手が…

ごめんなさい　年下の人（あなた）

1978.S53.8.20

金木犀

あの人とひとつになった　この部屋
窓辺には　金木犀が咲いていたっけ
あの頃
二人とも幼くて──
金木犀の香りに埋れて死にたいなんて
本気で考えていた私
"香りで昔を思い出すなんて
どんな事があったンだい"
"いいじゃない　もう忘れたワ"
　（きんもくせい──
　　忘れられない花物語があるのよ）
ボクにとって
最後の女性になってくれるかい
あなたは　そう言った

1978.S53.9.22

駅にて

傘に踊る雨
私は小さな鞄片手に
駅への小路を歩きます
もう　あたりは薄明るく
想い出が
走馬灯のように駆けぬけます

おかあさん
再びこの街に逢いにくる時は
もうひとり増えているかもしれません
その時は
おかあさん　笑ってくれますね？
もう
ふり向けないンです
私たち

1978.9.4

不知火ゆれて

はじめて
あなたといっしょに
不知火をみてから
もう　４年の年月が流れました
今日も
あの日と同じように
私のとなりにはあなたがいて
あなたのとなりには私がいて
そして
はるか彼方に
不知火がゆれています

星空の下
わけもわからず涙がでてくるわ
暗闇の中
やはりあなたはタダの男

愛もないのに抱いたりして
もう　おしまいね…

1978.S53.9

伝言

さよならだけは言わないで…
なんて　どこかの唄みたいな言葉は
言いません
私は　あなたの
別れの言葉を望んでいた

煙草（ケムリ）に包まれたあなたが
遠い星の人のように見えたのは
いつからでしょう
あなたとの想い出を
ひっそりと葬りたいと
考えだしたのはいつからでしょうか

でも　今日こそ
あなたのもとを去ってゆきます
瞳の輝きまで

失ってしまったあなたに
私の未来をかけることはできるでしょうか
できません　わたしには…

1978.S53.11.20

夜汽車

窓ガラスに額つければ
流れてゆく街の灯
窓ガラスに顔をつければ
流れてゆく　あなたとの想い出

あなたの瞳をみたならば
すべてを許し
朝まで過ごしてしまうのが
怖いほど
身にしみてわかっているから
逢わずにこの街出てゆくわ

窓ガラスに唇つければ想い出す
あの人の口づけも
凍りつくほど　つめたかったことを…

1979.S54.1.5

あなたのとなり

はなればなれになっても
空の彼方をのぞめば
あなたの微笑が
うかんでみえます
忘れないで下さい
辛いとき
悲しいとき
そして　希望に輝いているとき
心はいつも　あなたのとなり

1979

あなた

瞳とじて

掌をあわせると

あなたの心がみえます

お互いに過去はあるけれど

ないのが不思議なふたりだから

よけいに　本物がほしいの

1979.S54.4.20

何故

ねえ
なぜ別れなくちゃいけないの　わたしたち
少しもはなれてなんかいられないのに
君のしあわせのためさなんて
そんな言葉ききたくないの
もう少し…
もう少しやって　それでもダメだったら
その時別れればいいじゃない
傷つくのをおそれて傷つくより
傷ついて傷つきはてたなら
あきらめもつくわ　わたし

1979.S54.4.23

涙

雨あがりの若葉は
さまざまな人の想いを
その一葉に集め
一粒の涙とし
地球へなげかける

遠い昔　流した別れの涙も
よろこびの涙も今は過去となり
再び来ることのない
過ぎ去りし日々の面影は
自然の中にうずもれ
夕日と共に
燃えてゆく……

1979.S54.4.24

別れの朝

別れの朝
みょうに　乾いていた
わたしの心

別れの朝
もう　涙のあとさえ消えていた
話す言葉をさがすより
今迄　散りばめた
言葉をひろいあつめ
バッグに　つめこもう

テーブルの上の紅茶には
もう　悲しみは浮いていない

1979.S54.5

手編みのセーター

女の子から

手編みのセーターを贈られると

背中に冷たい雫がおちる

一編目ごとに

あいしていますのくりかえし

ぼくの心の中を知っているように

君は毎年秋風が吹く頃になると

手編みのセーターをぼくに渡す

1979.S54.5

くちびる

あなたのくちびるのぬくもりが

冷たいガラスをとおし

わたしのくちびるにつたわってきます

1979.S54.5.14

いつも

あの扉もあけてよかった

いつもそう想います

でも

最後にいつも思うンです

あけなければよかったって

1979.S54.5

おんなの心

あなたのハッキリしない
態度がとてもイヤでした
さよならの時
もう逢うまいとかたく決心したのに
電話をまっている
わたしの中のおんながとてもイヤでした
あなたの瞳をみてしまうとドアをあけてしまう
そんなわたしの身体がとてもイヤでした
もう　この人と別れるには
殺るしかない　そう決めたのは
わたしの　おんなの心ではなく
女の心でした

1979.S54.14

うらぎり

あなたの瞳には　わたしが映っている

でもわたしの瞳にあなたが映っているかしら

きのうの余韻が残っている身体で

あなたに抱かれるわたしが映っているかしら

それとも

それを知っていて…

1979.S54.6

ひとりごと

あなた

もう少しやさしくして

そうしたら

あの人の影から

ぬけだせそうです

1979.S54.5

ひとりごと　2

あなたといっしょになれなくてイインです

ただ

あなたの子供がほしい

それだけなンです

1979.S54.6

風の峠

風の峠には

風に乗りきれなかった言葉とか

受ける人のない言葉や

捨て去られた言葉たちが静かに寝る

やがてそれは　言霊となり

詩人の心に宿り

やがて再び来るであろう　日の出をまつ

1979.S54.5.22

それでも

あの人の優しさは
本物の優しさではなかった
その時を得るためだけの優しさだった
それでもわたしは答えてしまうの
優しい人がいいって

あの人はとってもそっけないの
いつでも指1本ふれないの
わたしは心の片隅でまっているのに
いつもカラ振りでつかれてしまう
それでもわたしは答えてしまうの
つめたい人がいいって

1979.S54.5.28

宝石箱

女の子は
ひみつをひとつもつごとに
大人になってゆくの
宝石箱がいっぱいになる頃
酸いも甘いもかみわけて
ひとりの女になるの
翳りをふくんだ瞳の奥に
あの人も知らない扉があるの
宝石箱のひらく季節がくるまで
時の流れをいっしょに歩いてくれるなら
それまで何もきかないで
もし　あなたにやさしさがあるなら

1979.S54.5.30

鐘はなる

いろんなことがあったけど
今　あなたのもとへ嫁ぎます
良い結婚はあるけれど
楽しい結婚はないのよという言葉をかみしめて
いま　階段をのぼります
辛いこともあるだろうけれど
朝のこない夜はないという言葉を心にきざみ
今日　階段をのぼります
いま　船出の時
鐘がなります　ふたりのために

1979.S54.6.1

アパートにさようなら

まわる車のうらがわに
あなたの笑顔みつけたの
プイとでていきもう3つき
信じています　あなたのことを
浮気は浮気　本気でないと
もどってほしい　もう一度
切花生けてまってます
鎌倉は出会いの街

動き出したら止まらない
だからあなたとお別れよ
雨の冷たさしみこんだ
みじめな気持ち　さかなに酒を
あおってみても　夜明けは遠い
机の上のおき手紙
夜汽車の窓に想い出す
横須賀は過去の街

1979.S54.7.14

風にのせて

大空をのぞめばいつも母さんの
笑顔がうかぶ下宿の窓に
まってて母さん手紙をかくわ

雨あがりポストの前のコスモスに
胸のときめき手紙につめて
あなたのもとへ送ります

浜辺で潮の音きけば想いだす
あの日あの時悪友たちの
元気な顔が甦る

1979.S54.8

駆けぬけた季節

1　ペダルを踏めばあなたの街が
　　近づいてきます　自転車のカゴには
　　コッペパンとチューリップ
　　めぐり逢って2年
　　あなたの色にそまりつつ
　　あなたのクセさえ大切にしまいこみ
　　ふたり瞳をみて　笑いころげた窓の外
　　桜が満開だったね

2　朝日のあたるあなたの家に
　　止まったままです　自転車は
　　縁側のせんたくものは
　　いつしか2人分
　　みるものすべてが輝き
　　バラ色にそまり　明日<ruby>明日<rt>アシタ</rt></ruby>には夢があった
　　夜空にひびく　祭のざわめきさえも
　　ここちよい夜をまねくよ

3　つるべ落としの夕日のように
　　坂道を走る自転車とわたし
　　人の心は変わるもの
　　なんて言えない気分
　　恋にすべてをかけたのよ
　　それなのにあなた　過ぎた日は帰らない
　　木の葉はいつか枝からはなれ小川へと
　　流れの速さは急だった

4　自分の脚でペダルを踏んで
　　明日に向かって駆けだそう　振りむかず
　　心の傷は消えない
　　いつか街で逢ったとき
　　ふりむかせてみせる　あなたを
　　合図をしたって横目で笑うだけよ
　　あなたの香り　北風にとばされてゆく
　　あなたのぬくもり　もうきえた

どしゃぶりの雨

川の流れといっしょに
身も心も流されてしまいたい
あなたについてゆくのが
つかれてしまいました
それはあなたがいつも1番だった人だからでしょう
か
時には小路で死にそうになっている
人の心にも目を向けてほしい
そういう人がいるからこそ
あなたが人の上にいられるのですから

1979.S54.7.17

あなたの前では

あの日あの人は
長野はひえるからと
うすい白のカーディガン
出掛けに無理矢理もたせたの
袖をとおすこともなく
日のめをみるでもなく
バッグの底に
静かに沈んでいるカーディガン

山の霧は
わたしを静かに眠らせてくれる
あなた　嘘ついてゴメンなさい
こうでもしなければ
気が狂いそうになるのよ
あなたには　あなたの前では
可愛らしい女のままでいたい

素直な女のままでいたい
霧につつまれた女のままで…

1979.S54.7.20

夏に

与えることだけに
つかれてしまっていた　あの頃のわたし
することではなくされることの
しあわせ・安心感・やすらぎ
はじめて知りました
恋をすると
女は嘘つきになるというけど
自分自身にウソをついていたのかも
わたしの中にあなたがいるとき
わたしはもうひとつの女の呼吸をきく

1979.S54.8.11

ときめき

鏡のまえにいるとき
洋服をえらぶとき
髪をとくとき
電話をまっているとき
階段をのぼるとき
あの人の瞳をみているとき
手紙をかくとき
お風呂に入るまえの一瞬
今夜逢えると身支度しているとき
部屋にふたりだけのとき
そして
あの人の重さが
ここちよく感じるとき
あらためて知るのです
わたし
女の子だったんだって…

1979.S54.8.12

想い

時の流れによって
想い出が美しくかわるように
過去が想い出にかわるまで
このまま静かに
あなたの中で息づいていたい
想い出は話すことがあっても
過去は話せないし
話したくない
そう話していた君の瞳は
燃える夕日の中で濡れてひかってみえた
知らないとでも思っているのかい
デリカシーのない人はイヤといった
そんな君の
そんな君の恋人なのに…

1979.S54.8.14

ほたる火

いくつもの影が
わたしの口もとを
静かにとおり過ぎていった
季節はめぐり
風の香りがかわっても
とおりすぎることもなく
静かによこたわって
女の四季をみまもってくれる
確かな息づかいを知ったとき
はるか彼方の燈台の灯のように
わたしの過去をてらす　ほたる火にとまどい
わたしの未来をてらす　ほたる火にほほえむ

1979.S54.8.16

マリン・ブルー・アイランド'81

どこまでも続く空
はてしなく広がる海
そこがぼくらの世界
夢は夢を呼びつづけ
街と街をむすぶよ
土の上がいやならば
おいでよぼくらの街　海上都市へ
拍手と握手が君をむかえるよ

※ ┌ ポート・アイランド'81 未来都市
　 │ はてしなく広がる海
　 └ はてしなく広がる夢

海はみんなのものさ
誰のものでもないさ
世界はひとつになり
そして生きものたちは

ここからすべてうまれた
おいでよ明日(アシタ)がある　海上都市へ
言葉はいらない　君をむかえるよ
※２回くりかえし

1979.S54.8.14

午後10時のわたしをみて

秋の夜
虫の声をききながら瞳とじる
生きることが人生の目的よと
大声あげてわめいていた昼よりも
このまま死んでしまいたいとポツリ
そんな姿が本当よ
昼間のわたしより
10時すぎのわたしをみてほしい
きっとあなたは想うはず
強がりいっても女なんだなって

1979.S54.8.16

ひとりごと 3

雨にけむる街並みを

駆けてゆきたいけど

それはできないこと

今のあたしに

わたしは何もしてあげられないもの

ただ　じっとみているほかは…

銀杏の葉は風に舞った

街が色づき
枯葉がはなれてゆく頃
この銀杏並木の風景を
押絵にしてこの街はなれます
いつまでも過ぎ去った日々を
振り返ることのできる
そんな人でいたいから
傷のいたみを忘れない
そんな人でありたいから…

1979.S54.8.19

れくいえむ

川面に浮かぶ燈籠に
母の面影さがせても
さがせはしないぬくもりは

別れの言葉ひと言も
言わずに逝ったあの人は
いつも明るくわらってた

悲しいことや辛いこと
流した月日胸に秘め
グチのひとつもこぼさずに

生きることへの情熱と
生きることの大切さ
語っているよ今もなお

桜の花の生涯は
おしながされた戦争に
吹雪のように散ってゆく

1979.S54.8.18

夜間飛行

夜間飛行
あの人の街の灯がとおざかる
今　つばさひろげ
夜空をあおぎ金木犀の香と共に
星空へ舞いあがるのよ

東に星が流れたら
わたしたち結ばれるの
西に星が流れたら
わたしたちもうお別れよ

オリオンの三つ星さん
その光り輝く瞳で
みまもっていて下さいな
わたしのことよりも
あの人が浮気しませんように…

1979.S54.9.24

ポッケ

染まってしまうほど
あかく燃える夕陽の中で
あなたもわたしも
口をとざしていた
逢ってどうするンでもなく
ただ逢いたかった……
パステル画の風景は
季節風といっしょに
金木犀の想い出の残り香を
夕暮れと共につれてくる

「枯葉が舞うわ」
「————————」
「春までさようならね」
「さびしいのか」
「ううん　寂しくない　だっておコタにあんまん

けんちん汁に風の音　それにあなたの温かい
ハートがポッケにあるもん」

1979.S54.10.6

八方尾根夜話

「きれい！」
雪明りで遠くにみえる
八方尾根の雪景色
君のその笑顔がみたかったのさ
ほら　あそこにも
街の灯がみえるだろう
ここにも生活があるンだ
みんな頑張ってるのさ
「きれい」と感じる心
君にはまだある　安心したよ
ぼくにとって大切なもの
友だち
　夢・想い出
それに　AYUMI…　君さ

1979.S54.10.6

ひとりごと　5

ある日
看病している人よりも
看病されている人の方が辛いこと
ホホをぶたれた人よりも
手をあげた人の方が痛いこと
そして　自分の心が傷ついたことよりも
相手の心の傷の重大さを知ったとき
妙に心がざらつき
一晩中眠れなかったっけ
あれから３年……
わたしは相談役になりました

無数にある言葉の山の中から
相手に合った言葉をさがしだし
それを素直に言えたら
それが優しさだとしたら
それが思いやりだとしたならば
あの人　やさしすぎたよ───

1979.S54.11.9

別れ霜

今のわたしには
いつまでも忘れないでと
大声でいえないし
ましてや帰ってきてなんて
もう　とても言えやしない

だから　せめて――
桜の咲く季節がきたら…
金木犀の咲く頃になったら…
そして11月
季節風の吹くようになったら…
ちょっぴり想い出して下さい

あなたの背広のすそを
しっかりとにぎりしめて
いっしょに生きていこうとしていた
ひとりの女の子が
確実にいたことを――

1980.S55.4.13

夜間飛行　2

６月　浜辺でひとりあそび
夜の帳幃のおりるころ
わたしの影は海路をおよぎ
あなたを夢路へ誘いにゆくの

土用波のくる前に
７階の階をのぼって
はじけそうなこの想いを
たったひと言　潮騒のように呟くの

遠くはなれていても
　心はいつも　あなたのとなり…

1980.S55.4

ひとりごと　6

もう少し　素直になったって

　　いいんじゃないの

でも　そのことが迷惑だとしたら

　　そのことが不幸なこととしたら

1980.S55.4

海

浜木綿の咲くこの海辺を
海岸づたいに歩いていったら
もうひとつの海に逢える
まだ青味がかったその瞳は
春の海のようにキラキラと輝き
時々みせる目元から鼻にかけての
小さな翳りもいつものクセと思い

海のない街に住むわたしは
別れ霧のきているのも知らず
テーブルをへだてた海に想いをはせ
じっと青い海をみつめてた

わたし…
港になりきることが
できなかったンですね

1980.S55.4.10

花蔓（はなかずら）

わたしよりも手先が器用で
いつも川の土手に車をとめては
その手で髪かざりを
つくってくれた　あの人

だんだんと形づくられてゆく
髪かざり
しっかりと結び合って
とうとう…できました

　　青春

　　朱夏

　　白秋

　　玄冬

今わたしたちは

しっかりとお互いの掌をにぎりしめて
朱夏の季節をあゆみはじめています

1980.S55.5.26

一夜（ひとよ）

はじめてあの人の
アパートへ足を運んだのは
木枯し吹きぬける
　　とても寒い寒い晩でした

最終電車にまにあうはずもなく
"おくってくよ"と　ひとこと
"ひとりにしておいて"

いつのまにか雪になり
道端の赤い南天の実は
赤く・赤く・雪によく映り
糸をひき落ちた赤い実は
にじんで　みえました

1979.S12.24

貝がら

あなたからの贈り物

小さな貝がら　ひとつ

耳によせたら

　　潮騒の音が

のぞいてみたら

　　海がみえたよ

1980.2

石段

丸くなってしまった石段を
登りきったなら
いつもの見なれた公園
今日こそと　心に決めて──

わかっていたのよ
だからいつも
あなたのやさしさに
背を向けていたの

「いっしょになって　オネガイよ」
それを言ったら　もう　オシマイ
あとは男が逃げだすのをまつばかり
それをまっていたように　いなくなる

石段は　登りきらないほうがいい
友だちでいたいなら

髪

髪…
肩に流れる髪が好きな人
切らない　って約束
でも──
髪…
切ってしまったの
春　そう春だから
けっして　アイツのせいじゃないさ

髪…
指が流れる小さな小径は
あなたとのヒミツ
でも──
髪…
もうヒミツじゃない
夏　そう夏だから
けっして　アイツのせいじゃないさ

1980.2.8

残雪

背を向けて　おし殺した言葉の中に
真実をみいだしたとき
何故　あと２年まちますと言えなかったの
何故　目の前のものに　すがりついてしまったの

あの時　ひとかけらの言葉にすがって
いっしょに生きていくこともできたはず
なのに　できなかった
わたしには　できなかった

３年ぶりの逢瀬は
主人との生活に目をつむり
自分の姿を消しさるには
不充分でした

1980.1.10

スケッチ

誰もいない駅のホーム

燈だけが　しらじらしく

柱と柱の間かくが

妙に広く　かんじます

白夜

よろこびだけで

悲しみは

　悲しみは

何もみえなかった

1979年

花は あるが。

もうこのひのよころで

詩

おじさん

午後7時
約束の時間から1時間
午後8時
「ふぅ……」

窓のガラスに映る顔
規則正しい震動
あきらめきれず
伝言板にはりつけてきた心をおきざりにして
体の形をしたものが一路
3日ぶりの部屋へと向かう

あの　おじさん
今頃　何してンのかな…

1980.1.1

あわせ鏡

鏡台の隅に置かれた
小さな　あわせ鏡
ひとりじゃ何もできない
あなたとわたしみたい

あわせ鏡われてしまい
片方だけのあわせ鏡
もう三つ
そんな事の繰り返し…

右手と左手合えば
そこには　４人目のわたしが
明日よく映る　あわせ鏡
また　さがしに　ゆきます

1979.12.20

無題

ある日突然
私がわたしの意思に反して
二度と呼吸することが
なくなってしまったら
わたしの日記とか
今まで綴った詩のノートを
いっしょに入れて
天まで　とどけて下さい
そして骨の半分を
桜の花か　金木犀の花の咲く頃
川へ　花といっしょに流してほしいのです

1979.12.23

あとがき

平成九年四月二十日、竹科あゆみは三十九歳の若さ
で、一冊の詩のノートを残して、この世を去った。
彼女の詩のノートをもとに、一冊の本として作り、
残そうと思っていたが、諸事情によりなかなか実現
できないでいた。
そんな中でやっと二十年後の平成二十九年に、小さ
な遺稿集として『かすみ草（言葉の花束を今あなた
のもとへ……)』を作る事ができた。

その後、彼女の発表作のファイルがみつかった。そ
の中から『かすみ草』に載っていない発表作、十三
編を追加して、今回の詩集を作った。
『かすみ草』を読んで下さった人達の中で、彼女の
才能を高く評価して下さる方々がおられたのが励み
となり、今回、改めて詩集を作るための力となった。

秋になると、どこからともなく、甘い花の香りがし
てくる。金木犀の花の香りである。
生前、彼女はその香りが好きだと言っていた。

少し地味な木だが、秋になるとオレンジ色の小さな花を咲かせている。その香りが好きだという、彼女らしい言葉である。

本のタイトルを、『金木犀の香る頃』としたのは、そんな彼女の姿があったからである。

　　　　　　　　　　　　　　　　おおら和男

　　二〇二三年　八月

著者プロフィール

竹科 あゆみ（たけしな あゆみ）

本名　邑楽和子（旧姓　村田和子）
昭和32年12月25日生まれ。
埼玉県岩槻市（現さいたま市岩槻区）太田出身。
昭和51年3月、岩槻商業高等学校卒業。
昭和53年3月、中央工学校卒業。
昭和55年2月、邑楽和男と結婚。
　　　　　一男一女をもうける。
平成9年4月20日、他界。
平成29年12月25日、『遺稿集 かすみ草（言葉の花束を今あなた
　　のもとへ……）』発行。

金木犀の香る頃

2023年8月15日　初版第1刷発行

著　者　竹科 あゆみ
発行者　瓜谷 綱延
発行所　株式会社文芸社
　　　　〒160-0022　東京都新宿区新宿1−10−1
　　　　　　　　電話　03-5369-3060（代表）
　　　　　　　　　　　03-5369-2299（販売）

印　刷　株式会社文芸社
製本所　株式会社MOTOMURA

ISBN978-4-286-24377-1